Ich hab´s passend

...

und andere heitere Kurzgeschichten aus dem Alltäglichen

Paul van Hoff

IMPRESSUM

© 2016 Paul van Hoff

Umschlaggestaltung: Paul van Hoff

Herstellung und Verlag:
BoD - Books on Demand, Norderstedt

ISBN Paperback: 9783839127469

Es gibt sie, diese Tage wo man stets an
der falschen Kasse im Supermarkt
ansteht. Wo die Kommunikation bei einer
Bestellung am Drive Inn ihre Tücken hat,
das Haustier zum Staatsfeind
Nummer 1 wird, oder einem irgendeine
absurde Situation den Tag versaut.

Doch wir sind von Menschen umgeben.
Zum einen von Menschen, die Tag für Tag
ihren Job machen und uns
irgendwie helfen wollen.

Aber auch von Menschen, die sich alle
Mühe geben sich irgendwie
dämlich zu verhalten.

Besonders, wenn Sie den letzten
begegnen bleibt immer die schärfste
Waffe des Alltags………

Lächeln….

Inhalt

Ich hab´s passend

Das waren sie wieder.....diese drei Worte,
von denen ich regelmäßig träume.
Diese drei Worte, die mich, in der
Öffentlichkeit ausgesprochen, seit vielen
Jahren verfolgen und stets dafür sorgen,
dass mein Blutdruck durch die Decke
geht. Diese berühmten drei Worte, die
jeder von uns schon einmal gehört hat.

„Ich hab´s passend"

Wenn diese Worte an einer
Supermarktkasse fallen, ist es
allerhöchste Zeit, meine Termine für den
Rest des Tages im Kopf durch zu gehen.
Wen muss ich anrufen, bei wem ist es
wurscht wenn ich ne halbe Stunde später
komme? Als nächstes mache ich mir
Gedanken um meine Tiefkühlware im
Einkaufswagen.....würde das
Mindesthaltbarkeitsdatum vielleicht
überschritten werden? Sollte ich vielleicht
alles wieder in den Wagen zurücklegen
und neu einpacken?

"Ich hab´s passend" Es ging um einen
Betrag von Dreizehn Euro Dreiundachtzig.

Ich versuchte mir vor zu stellen, was jetzt im schlimmsten aller Fälle passieren könnte. Übrigens ist das eine der Disziplinen, die ich in den nunmehr Dreiundfünfzig Jahren meines Lebens zur Perfektion getrieben habe.

Also, ein Zehn-Euro-Schein, Drei Ein Euro Münzen, oder vielleicht auch Zwei Fünf Euro Scheine oder sonst eine noch so absurde und vor allem, unerwartete, Zusammenstellung.

Bei dem Gedanken an Dreizehn Ein Euro und Dreiundachtzig Ein Cent Münzen begann mir mein ganzes bisheriges Leben in einzelnen Bildern durch den Kopf zu gehen. Am Ende meines Lebenslaufes sah ich mich, wie ich den Pappkarton mit der, inzwischen flüssig gewordenen, Langnese Frühlingsrolle in eine Tüte gekippt und draußen auf dem Parkplatz in den Mülleimer gekippt habe.

Auch die Bilder, eines Supermarktkunden, der erst den Inhalt seines Geldbeutels vor der Kassiererin komplett auf dem Laufband ausgekippt und dann, nach gefühlten zwei Stunden, seine Billig Lesebrille in der hinter letzten

Jackentasche gefunden hat, damit begann sein Geld zu zählen....um dann am Ende doch wieder alles einzupacken und den Zwanzig Euro Schein zu zücken.....oh man...wie oft hatte ich das schon erlebt.

Ok....ich reiße in Gedanken die Eispackung auf und beginne, den Inhalt an der Kasse mit den Fingern zu essen, damit wenigstens ich noch von der Langnese Frühlingsrolle etwas habe.....

Ich greife zum Handy und rufe meine Frau an „Schatz, es wird etwas später....ach übrigens Frühlingsrolle ist aus......esse Du doch schon mal was und geh schlafen....bis später"

Und dann gibt es solche Moment im Leben.... wie eine Liebeserklärung einer Frau die man gar nicht kennt und auch zuvor noch nie gesehen hat..... oder wie beim TÜV, wenn der Prüfer die zwölf Jahre alte Schrottkarre einfach durch winkt und die Plakette zückt... oder die neue Variante von Essen auf Rädern zu nutzen, und dabei als einziger in der Schlange zu stehen

Die ältere Dame vor mir zückt einfach ihre EC-Karte und bezahlt in der Tat „passend"….

Plötzlich hat mein Leben wieder einen Sinn…...meine Welt ist wieder Ordnung, meine Frühlingsrolle wird an diesem Abend doch dem geplanten Verwendungszweck zugeführt und meine Frau und ich werden einen schönen Abend erleben. Ich beschließe ihr ihren Einkauf sogar zu ihrem siebener BMW Sportcoupe zu tragen und ihr einen schönen Abend zu wünschen.

Es gibt sie wohl doch diese Tage…..an denen „alles passend" ist……

Die Katze muss zum Arzt

Wochenende, endlich wieder Wochenende. Meine Frau und ich hatten eine wirklich anstrengende Woche gehabt. Wochenende. Ich war dabei in unserem schönen großen Wintergarten das Frühstück vor zu bereiten, meine Frau stand noch unter Dusche, der Kaffee lief durch die Maschine und die frisch gebackenen Sauerteigbrötchen, die ich vor einigen Minuten vom Bäcker, eine Straße weiter, geholt hatte, erfüllten die ganze Wohnung mit ihrem herrlichen Duft.

Herz was willst Du mehr? Ich öffnete die Außentür des Wintergartens und ließ die frische Frühlingsluft hinein....sie vermischte sich nach einigen Sekunden mit dem Parfüm meiner Frau, die gerade aus der Küche kam, sich hinter mich stellte und mich liebevoll umarmte. Nach dem Austausch einiger partnerschaftlicher Zärtlichkeiten, die um diese Uhrzeit jedoch jugendfrei waren, setzten wir uns und machten uns über das Frühstück her.

„Schatz, was wollen wir denn heute Schönes machen? Spaziergang am Strand? Was meinst Du?" „Liebling," sie holte tief Luft. „Liebling, wir haben nachher noch einen Termin"

Aha…..so so…..ich überlegte….aber scheinbar hatte ich wohl etwas vergessen. „So? Was denn?" „Liebling, die Katze muss zum Arzt….der Impftermin steht an. Um 11 Uhr 30 müssen wir bei Dr. Schneidereit sein.

Aha….so so…..jetzt wusste ich, dass ich nichts vergessen, sondern aus Selbstschutz verdrängt hatte. In meinem Innersten zog sich alles zusammen. Der Tag hatte so schön angefangen. Jetzt wanderte mein Blick unwillkürlich ins Wohnzimmer und blieb an der Gardine des großen, bis zum Boden reichenden Fensters hängen. Die war ziemlich neu. Angeschafft nach dem letzten Tierarztbesuch. Meine Augen bissen sich jetzt am neuen Sofa fest. Auch angeschafft nach dem letzten ……. . An jenem Tag …..also Stichwort „bissen sich fest"…...naja… Der Tag hatte doch so schön angefangen.
Meine Frau begann den Frühstückstisch abzuräumen. Ich hielt meine Kaffeetasse und die Kanne jedoch fest. „Du trinkst doch sonst auch nur eine Tasse?" sah sie

mich fragend an. Da hatte sie wohl Recht, aber gerade jetzt hatte ich das Bedürfnis die ruhige Stimmung des Augenblicks noch etwas fest zu halten. Oder nein…..ich wollte noch etwas länger die körperliche Unversehrtheit genießen und mich meiner guten Gesundheit erfreuen….ja so war es.

„Schatz, gönne mir bitte diese paar Minuten, ich hole gleich den Transportkorb aus dem Keller." „Brauchst Du nicht, der steht schon im kleinen Zimmer, ich ziehe mich dann schon mal um." „Ok, lass Dir Zeit, ich rauche gleich noch ne Pfeife im Garten." Ich stand auf, ging zum Schrank der im Wintergarten stand, griff nach Tabak, Pfeife, Streichhölzern sowie nach meinem Kaffee, ging raus in den Garten auf unsere kleine Terrasse und setzte mich auf einen Baumstumpf, der letztes Jahr von einer gefällten Tanne im Boden gelassen wurde.

Die Sonne hatte für diese Jahreszeit bereits sehr viel Kraft, so dass ich in meinem kurzärmeligen Hemd nicht fror. Beim Stopfen meiner Pfeife sah ich auf meine Unterarme…… ich bin ganz bestimmt nicht eitel aber in diesem

Moment freute ich mich über die vom Solarium im Winter ganz leicht gebräunte Haut. Kein einziger Kratzer war zu sehen. Ich ließ meine Gedanken kreisen.

Die Katze musste zum Arzt. Ok…..der Transportkorb stand schon bereit. Oben drauf lagen ein paar Gartenhandschuhe, die ich mir gerade für solche Tierarztbesuche besorgt hatte. Ich schaute nach Minka, so hieß unsere 12 Jahre alte Katze, die ich vor einiger Zeit mit in unsere Beziehung gebracht hatte. Minka war das, was man eine Traumkatze nannte. Sie war verschmust ohne Ende, sie suchte ständig unsere Nähe und sie sprach sehr häufig mit uns, also so wie man sich das von einer Katze eben vorstellt. „Miez miez, maunz maunz" Wenn wir es uns ab und an mal gemeinsam in unserer Badewanne gemütlich gemacht hatten, stand sie regelmäßig stundenlang vor der Badezimmertür und wartete auf uns.

Ansonsten war sie eher behäbig, ja sie hatte es noch nicht nötig sich zu erheben wenn meine Frau und ich von der Arbeit nach oder von Ausflügen nach Hause kamen. Ihr Blick signalisierte dann eine abgrundtiefe Gelassenheit, so als wollte sie sagen „Kannst mir ja nachher mal ne Email schicken."

Aber… tja….aber sobald der Transportkorb zu sehen, oder wohl auch nur von ihr sonst wie wahrgenommen wurde, entwickelte diese nicht mehr ganz junge und ca. acht kg schwere Katze eine Energie und Kraft die mich an eine Wildsau auf Ecstasy erinnerte. Vor allem aber war es vorbei mit der Nähe…..sie war einfach weg und nicht ‚mehr zu finden …. weg. Auch auf gute Zurufe reagierte sie nicht. „Sie sitzt auf dem Stuhl unterm Esstisch." rief meine Frau. Dieser Esstisch stand in unserer sehr großen Diele. Na, dann hatten wir sie ja…..was sollte da noch passieren? Wir sollten sehr bald merken, was noch passieren könnte, zu Mal wir vergessen hatten die Türen von Schlafzimmer, Wohnzimmer und kleinem Zimmer, die alle von Diele abgingen, geschlossen zu halten.

„Abging" war das richtige Wort. Als ich kniender Weise nach ihr greifen wollte, ging Minka richtig ab. Minka flog geradezu vom Stuhl auf direktem Weg in unser Wohnzimmer.

Ich hatte mir einige Wochen zuvor so einen kleinen, ferngesteuerten Hubschrauber gekauft, den ich den Winter über im Wohnzimmer und im Wintergarten fliegen ließ. Der war sehr schnell und extrem wendig zu fliegen.

In diesem Moment wünschte ich mir auch für Minka ne Fernsteuerung. Sie fegte über den Wohnzimmertisch, rüber auf den Fernseher, und als dieser Flachbildschirm bedenklich wackelte wurde sie zuletzt auf dem klappbaren Fernsehsessel gesehen. Meine Frau und ich sahen uns an. „Ok, ich hole den Eimer und nen Lappen, Du machst alle Türen hier zu." Den Eimer brauchte ich, um die Scherben von der Karaffe ein zu sammeln, die wir dummer Weise am Vorabend auf dem Wohnzimmertisch stehen gelassen hatten. Der Lappen war für den halben Liter sehr lieblichen Rot-Wein zuständig der sich in der Folge auf dem weißen Hirtenteppich unter dem Tisch verteilt hatte.

„Hier ist sie," rief meine Frau, als sie Minka unter dem Sofa kauernd entdeckt hatte. Das wiederum nahm Minka zu Anlass, an der Rückwand der Sofas hoch zu klettern und sich um die kleine

Sammlung meiner selbst gebauten Plastikschiffchen zu kümmern, die auf einem Regal nicht weit davon entfernt seit langer Zeit ungestört gestanden hatten. In einem Rutsch fanden die Schlachtschiffe Bismarck, Tirpitz, HMS Nelson, sowie der kleine Kreuzer Emden und die gute alte Titanic ihr jähes Ende auf dem Laminat des Wohnzimmers.

Jetzt hatte Minka einen Fehler gemacht, denn sie wollte direkt an mir vorbei aus dem Wohnzimmer rennen. Reflexartig griff ich zu. „Ich hab sie" zugegeben war es nicht wirklich fair, aber ich hatte Minka gepackt, mich, mit meinen 120 kg, einfach auf sie drauf gesetzt und hielt mit einer Hand ihr Köpfchen fest…...was ein Fehler war. Sie biss wie wild um sich und erwischte mich am rechten Arm.

„Schatz, wo ist mein Impfausweis?" „Wieso Deiner?" „Weil ich dringend ne Tetanus-Auffrischung brauche…." „Heute ist Samstag, da haben die Ärzte zu." Minka hatte mich inzwischen auch mit einer Pfote am anderen Arm erwischt. „Dann müssen wir nachher noch in die UNI-Klinik, hab keine Lust wegen diesem Tier zu sterben." rief ich laut, weil Minka

mir inzwischen wieder entwischt war.
Sie wollte aus dem Wohnzimmer raus,
und knallte gegen die inzwischen
verschlossene, gläserne Doppeltür,
wodurch die aufsprang und ihr den Weg
frei machte. Sie konnte ja nicht wirklich
weit kommen, denn alle anderen Türen
waren ja inzwischen verschlossen. Ich
wollte die gläserne Doppeltür
verschließen, was jedoch nicht gelang,
weil Minka eine der Türen aus dem
Scharnier geschossen hatte.

Da …..ein Schatten zwischen meinen
Beinen. Die Katze rannte wieder von der
Diele zurück ins Wohnzimmer, sprang auf
den Fernsehsessel und von da aus in die
Gardine, welche sich jetzt langsam dem
Boden näherte, weil das Gardinenbrett
ganz langsam nachgab. Minka drehte ihr
Köpfchen, sah mich mit ganz großen
Augen an und hielt sich mit einer Art
Schockstarre weiterhin an der Gardine
fest.

Das Geräusch, mit dem das Gardinenbrett
aus der Halterung fiel, auf den Boden
krachte, und dabei auch noch den
wackeligen Flachbildschirm umwarf, und
letztendlich unsere Katze unter der

zusammen geknäulten Gardine begraben hat......dieses Geräusch werde ich nie vergessen. Ich habe dann das gesamte Gardinengewusel samt Katze in den Transportkorb geschoben und Minka dann zusammen mit Dr. Schneidereit in seinem Behandlungszimmer wieder ausgepackt.

„Interessante Transportmöglichkeit" meinte dieser ganz trocken. Dann sah er meine Unterarme. „Oh, damit sollten sie noch mal zum Kollegen fahren, ich habe leider keine Tetanusspritzen."
Danke....genau das wollte ich an diesem Samstag hören.

Nach dem Tierarzt-Besuch setzte ich Minka und meine Frau zu Hause ab und fuhr noch in den Baumarkt um dort ein neues Gardinenbrett und neue Scharniere für die Wohnzimmertür zu kaufen. In der Zeit wollte meine Frau noch im Internet nach einem neuen Sofa schauen....

„Guten Morgen Herr Nachbar....na? Schmeckt die Pfeife?" Die Worte meines Nachbarn zerrten mich aus meinen Gedanken. Ich muss ihn wohl etwas verstört angesehen haben. „Hey, Thommy, alles gut? Hab Deine Frau eben gesehen dass sie eure Katze ins Auto gepackt hat.....geht´s wieder zum Tierarzt?" Ich zog an meiner Pfeife und sah ihn an während meine Frau auf mich zu kam. Ich stammelte nur „Moin Manfred.... Ja Pfeife schmeckt und Tierarzt stimmt auch."

Meine Frau legte mir die Hand auf die Schulter und lachte „Hey Schatz, wo warst Du denn gerade?" Ich lächelte sie an während sie weiter redete „Ok, ...Du warst bei der Version Tierarztbesuch 1.0.....heute ist aber Version 2.0 angesagt......" An Manfred gewandt sagte sie „Moin Manfred.....Danke Dir sehr für die Tropfen, haben super gewirkt.....die muss ich bei Thommy auch mal ausprobieren."

Erst als sie sagte „Minka ist schon im Auto, die Tropfen von Manfred haben wirklich gewirkt." da wusste ich, dass ich heute nicht mehr zum Baumarkt und in die UNI-Klinik musste.

Bestellung am Drive Inn

Jeder hat das Wort schon mal gehört…..dieses „Drive Inn". Schon zu Zeiten als wir alle im Fernsehen noch die Abenteuer von Fred Feuerstein und Barny Geröllheimer gesehen haben, sah man damals den ersten „Drive Inn"

Heutzutage gibt es die „Kauf-Dein-Essen-und-fahr-wieder-weg-Schalter" nicht nur an den bekannten Fast Food Ketten, sondern auch im Baumarkt. Meine Erlebnisse beschränken sind jedoch auf den erst genannten und der ab und an gestörten Technik dort.

Auf einer meiner vielen Fahrten der letzten Jahre nach Marburg, Dresden oder auch Berlin überfiel mich, trotz eigentlich ausreichendem, und damit erheblich günstigerem, Proviant, der Hunger nach einer warmen Mahlzeit.

So stand ich irgendwann in einer langen Schlange vor einer kleinen, rund geformten und gut lackierten, ungefähr einem Meter hohen Säule, vor der eine Preistafel mit den Leckereien zu sehen war, die man hier bestellen und dann sogleich mitnehmen konnte.

Für € 3,99 war dort ein längliches Brötchen mit Salat und etwas Formfleisch aus Geflügelresten inkl. ner Portion Pommes und nem Getränk nach Wahl mit dem klangvollen Namen „Long Chicken Menü" zu haben. Der Gedanke, mich endlich mal wieder halbwegs gesund zu ernähren, beflügelte mich….schließlich waren auf dem Foto, welches dick und breit auf der Preistafel zu erkennen war, auch Tomatenreste, Gurkenscheiben und Salat zu erkennen.

Ganz langsam ging es voran. Als ich an die Reihe kam und meine Bestellung in ein nicht zu erkennendes, also imaginäres Mikrofon sprechen konnte, hatte ich mir gerade die dritte Tabakspfeife in meinem Auto angezündet, was zweifellos das Vorhaben, zwecks halbwegs gesunder Ernährung bereits Ad absurdum geführt hatte.

„Ihre Bestellung bitte" konnte ich gerade eben akustisch noch wahrnehmen. Ich hatte gerade meine Lungenflügel mit dem Rauch meiner Pfeife versorgt und hustete

„Einen….hust hust….ein Long Chicken Menü." Irgend eine Technik schien gerade einen schlechten Tag zu haben….
jedenfalls hörte ich nur „kkkr knarr Chicken?" Jetzt hatte ich scheinbar so ein kleines Teufelchen auf meiner Schulter, welches mich ritt…….

„Nein, nicht schicken, ich nehme es gleich mit" „Welches Chicken?" „Ich sagte doch schon, nicht schicken ich nehme es gleich mit" „mit extra ….knarr kkkr Käse und Wurst?"

In Gedanken sah ich so eine verzweifelnde € 450 Aushilfe am Schalter schwitzen. Ich beschloss es auf die Spitze zu treiben. „Nein ich habe keinen Durst, nur einen Long Chicken, so ein langes Brötchen mit Hähnchen drin"

„Wie haben keine Hähnchen" „Das tut mir leid für Sie aber ich möchte nur so ein längliches Stück Geflügelfleisch mit Salat und Tomate"….. „Was? Mit Krk To knarr mate?"….. Ich schaute in den Rückspiegel meines Autos. Die Autoschlange hinter mir wurde immer länger, die Leute in der selbigen auch immer ungeduldiger. Das konnte ich gut verstehen, schließlich führte ich diese Schlange schon seit einigen Minuten an.

Jetzt war eine Entscheidung gefragt…..sollte ich möglichst schnell zum Ende kommen? Nööööö…… Ich für mich kam zu der Entscheidung, dass ich noch etwas Zeit hatte….. zu Hause wartete niemand auf mich, und der erste Hungeranfall war auch verflogen…….auch eine Art von Diät.

Ich beschloss dennoch, dem Menschen am anderen Ende der Leitung etwas entgegen zu kommen, so dass die Frage nach dem „Long Chicken Menü" zum Ende kommen sollte…..jedenfalls dachte sich das mein Gegenüber wohl so.

Es kam die nächste Frage „Groß oder klein?" Was mich, noch immer das kleine Teufelchen auf meiner Schulter sitzend zu spüren, zu der Frage trieb…..."Wie groß oder klein? Bin 1,82m groß, warum wollen Sie das wissen?" Die Stimme ließ sich nicht aus Ruhe bringen. „Portion Pommes…..groß oder klein?" Ich beschloss nach zu legen. „Ganz normale Pommes, nicht groß nicht klein, möchte nur satt werden, hab Hunger…..hab nur €

3,99" „Also klein.......welches" jetzt kam wieder die schlechte Technik ins Spiel........"kkkr Ge knarr tränk?" „Ich möchte nichts geschenkt......nur ein Long Chicken Menü mit Cola light"......

Das wurde dann doch verstanden.....und ich fuhr zum Schalter vor, wo ich dann bezahlte und mein Long Chicken Menü mit ner kleiner kleinen Portion Pommes für € 3.99 in Empfang nahm. Auf meine Frage „Sagen Sie, kann ich nochmal umbestellen? Ich hätte doch lieber ein halbes Hähnchen" fuhr ich dann von dannen und ließ mir mein Essen schmecken.......

Das nächste Mal hole ich mir aber einen Döner........

Der Nächste bitte …….

Endlich, fast neun Wochen nach meinem Anruf beim Dermatologen sitze ich endlich im Wartezimmer. Ich bin extra früh losgefahren um einen Parkplatz zu finden und ja nicht zu spät zu kommen.

Die Anmeldung ging ziemlich schnell von statten. „Ihre Krankenkassen-Karte bitte. Waren Sie schon mal hier?" Nachdem ich das verneinte, bekam ich einen Fragebogen mit fünf DIN A4 Bögen nebst Kugelschreiber in die Hand gedrückt und wurde ins Wartezimmer verbannt.

Ich öffnete die Tür zu einem leicht überfüllten Raum und legte die Fragebögen erst einmal auf dem letzten freien Stuhl ab. Nicht dass ich am Ende noch stehen musste. Ich hängte meine Jacke an die Garderobe und schaute mir dabei meine Zimmergenossen kurz an.

Ein älteres Ehepaar, welches sich flüsternd unterhielt, eine Mutter mit Kind, und einige Einzelpersonen verschiedenen Alters. Das waren also die Menschen mit denen ich gemeinsam die nächste Zeitverbringen sollte.

Ich setzte mich und widmete mich den Fragebögen. Aha…..so so…...was die alles wissen wollten…..also erst mal ne Beschäftigungstherapie. Nicht weniger als Zweiundvierzig Fragen musste ich beantworten. Der erste Bogen mit Fragen zu Alter, Größe und Gewicht war noch sehr einfach. Auf dem zweiten Bogen wurde nach Kinderkrankheiten, Vorerkrankungen und Operationen gefragt.

„Frau Dödelmeier bitte in Zimmer eins zur Untersuchung ‚“ erklang es plötzlich aus einem Lautsprecher der unter der Decke hing. Eine sehr alte Frau stand schnaufend auf, griff nach ihrem Rollator und machte sich schweren Schrittes auf den Weg. Während mein Kopfkino anfing zu laufen, drückte ich in Gedanken auf den roten Knopf…….ich wollte mir nun wirklich nicht vorstellen, wie Frau Dödelmeier sich für die Untersuchung frei machte…..ich begann die dritte Seite des Fragebogens aus zu füllen.

Welche Medikamente ich regelmäßig nehmen würde, war die erste Frage. Fünf Zeilen standen dort zur Verfügung, und ich versuchte mich unter Aufbietung meiner gesammelten Altersschwäche, ich war ja immerhin auch schon dreiundfünfzig, an die Namen dieser kleinen Scheißdinger, die ich jeden morgen regelmäßig auf dem Teppich oder in meiner Kaffeetasse suchte, weil sie mir immer wieder durch die Finger flutschten, zu erinnern.

Flupsihydrogen...fünf Milligramm, Hydrosatimol zehn Milligramm, den Rest wusste ich nicht mehr wirklich…...und bevor ich Blauepilleistweg oder Braunepilleliegtimkaffe schrieb, machte ich einen dicken Strich durch die ersten beiden Zeilen und schrieb „Blutdrucksenker".

Eine Frau mittleren Alters mit langen blonden Haaren trat ins Wartezimmer, setzte sich und griff sogleich nach ihrem Smartphone, während sich das ältere Ehepaar begann zu unterhalten. Es ging offenbar um den Kauf einer Kaffeekanne, der wohl nach dem Arztbesuch hier stattfinden sollte. Ich schaltete mein Hörgerät aus und versuchte die weiteren Fragen zu beantworten. Da die Beiden immer lauter wurden, half es dennoch nichts. „Schatz, lass uns ne gelbe Kanne nehmen." „Ne, ich hasse gelb, das passt auch nicht zu unseren Tassen, grün passt besser, oder zur Not noch blau."

Ich versuchte mir ein Bild vom Inhalt des Küchenschrankes der beiden zu machen. Kaum hatte ich in meinem Kopf das Bild von grünen oder blauen Tassen fertig, brachte sie die Farbe rot ins Spiel. Oh je, dass passte nun gar nicht in mein Bild. Aber vielleicht hatten die beiden auch einfach nur neutrale weiße Tassen.....aber warum dann dieser Disput?

„Dann können wir ja auch gleich lila nehmen." Der Blick mit dem die Frau ihren Mann ansah, machte es offensichtlich, dass die beiden schon viele Jahre zusammen waren.

Dieser Gedanke brachte mich dazu, das Wort an die Beiden zu richten. „Darf ich fragen, wie lange sie schon zusammen leben?" Der Mann sah mich erstaunt an. „Hmmm, wir sind achtundzwanzig Jahre verheiratet" Er griff nach der Hand seiner Frau. „Und wie lange müssen Sie noch?" Einige der Wartenden begannen zu lächeln. „Sagen Sie mal, was geht Sie das an?" Der Mann hatte offenbar seine Fassung wieder gefunden. „Na ja, Sie lassen uns ja hier alle an Ihrem Leben teil haben…...ich würde auf jeden Fall ne blaue Kanne kaufen." Die langhaarige Blondine nickte mir lächelnd zu.

„Warum das denn?" Hey, die Frau konnte auch sprechen. „Gelb ist die Farbe des Neides und rot macht aggressiv:" Sie sah ihren Mann an und schnappte nach Luft, während die nächste Durchsage zu hören war. „Herr und Frau Schnulzenberger, bitte in Zimmer drei." Die Beiden standen auf und gingen ihres Weges. Na, nun wussten wir hier im Wartezimmer doch wenigstens mit wem wir es soeben zu tun hatten.

Dann kam die Frage nach schweren Krankheiten und früheren Operationen. Darauf hatte ich gewartet. Endlich konnte ich mein medizinisches Studium zum Einsatz bringen und schrieb Appendix und Cholezystektomie. Ok, mein jahrelanges Studium bezog sich zwar nur auf mehrere hundert Folgen von Krankenhaus – und Arztserien im Fernsehen, aber Blinddarm-OP und Gallenblasenentfernung erschien mir einfach zu standart mäßig. Jeder Doktor sollte sich über wissende Patienten freuen, die ihm zeigen, dass sie seinen Beruf ernst nehmen würden, oder?

Inzwischen waren einige Patienten aufgerufen worden, neue kamen hinzu und versuchten sich auf die Zeitschriften zu konzentrieren, die ja in jedem Wartezimmer zu finden waren.

Wenn es etwas gibt, das mich in meiner Konzentration stört, dann sind das Papier-Geräusche wie rascheln, knistern oder umblättern von Seiten….auch Fingertrommeln oder das Brummen eines Kühlschrankes gehört dazu. Diese, auf wenige Frequenzen bezogene, Geräuschempfindlichkeit , in Fachkreisen Hyperakusis genannt, verfolgt mich schon mein ganzes Leben.

Dies im Besonderen, wenn ich meine Hörgeräte trage, wie ich es beim Arztbesuch oft mache, da ich ja alles verstehen will was mir der Arzt so über meine Krankheiten erzählt.

Ein jeder will ja schließlich genau wissen, ob es sich noch lohnt ein Buch anzufangen, welches beispielsweise achthundert Seiten hat, oder auch, ob man irgendwelche Aboverträge schon mal vorsichtshalber kündigt.

Ratsch…..ritsch….rutsch….. der Mann der inzwischen neben mir Platz genommen hatte, schien über eine unglaublich hohe Auffassungsgabe zu verfügen, denn er blätterte jede Seite nach ungefähr einer Sekunde wieder um. Bedingt durch meine Hörgeräte hatte ich jedes mal das Gefühl, dass in einem Bahnhof ein Eisenbahnwaggon ungebremst gegen eine Lok knallte.
Ratsch…..ritsch….rutsch….. Es half nichts, ich schaltete meine Hörgeräte aus.

Herrlich….die Ruhe. Ich schloss kurz die Augen und hatte das Bild einer großen grünen Wiese in den Alpen vor mir…..ohne Kühe oder sonstiges Getier versteht sich. So schaffte ich es in Rekordzeit, die letzten Seiten meines Fragebogens aus zu füllen und diesen zum Anmeldetresen zu bringen.

Ich setzte mich wieder auf meinen Stuhl und schaute aus dem Fenster…..da draußen glitt das Stadtleben an mir vorbei.

Doch schon nach einigen Minuten war „Grmmshkmkde" zu hören. Mein Blick glitt über die Gesichter der Menschen im Wartezimmer …. niemand reagierte und alle Anwesenden schauten sich fragend an. Huch!! Ein Blitz durchzog meinen Körper, ich schaltete die Hörgeräte wieder ein.

Es machte wieder „Knack" und ich hörte „Ich wiederhole Herr Hoff, bitte ins Zimmer vier" Upppps, das war ja ich. Kann doch gar nicht sein. Ich war doch erst etwas über eine Stunde hier? Als ich seinerzeit telefonisch den Termin bekommen hatte, hieß es ganz eindeutig „Bringen Sie bitte ne Menge Wartezeit mit".

Jetzt kam meine ganze Tagesplanung völlig durch einander, denn schließlich hatte ich nicht nur zwei bis drei Stunden Wartezeit eingeplant und meinen Wocheneinkauf bereits am Vortag erledigt, sondern mir auch etwas zu trinken und ne Kleinigkeit zu Essen mit genommen.

Und jetzt? Jetzt würde ich nie erfahren wie die anderen Patienten hier hießen…..
nach nur einer Stunde Wartezeit im Wartezimmer eines Facharztes war ich an

der Reihe. Herr Gott, knie mit mir dieses seltene Glück zu preisen….da hat sich wohl die Kirchensteuer doch mal gelohnt.

Der Arzt begrüßte mich und während er meinen ausgefüllten Fragebogen durch sah, fragte er, was er für mich tun könne. Ein jeder Mensch hat auf seinen Schultern ein kleines Engelchen und kleines Teufelchen sitzen. Während das Engelchen der Meinung war, einfach was von einem Haut-Ausschlag am rechten Schienbein zu erzählten, kam vom Teufelchen der Vorschlag, den Arzt ob meines medizinischem Wissens jetzt doch nicht enttäuschen zu dürfen. Da ich den Arzt nicht kannte, und mein Hausarzt sich auch nur absichern wollte, gewann das Teufelchen…..

„Ich habe ein Erythema Nodosum an der Tibia rechts." Der Arzt sah mich mit einem Blick an, den ich so schnell nicht mehr vergessen würde, wenn ich auch zugeben musste, den Augenblick irgendwie zu genießen. „Ok, Herr……." er suchte auf seinen PC-Bildschirm nach meinem Namen, „Herr Hoff, wie kommen Sie denn darauf? Sind sie vom Fach?" Die Augen des Teufelchens leuchteten…... „In gewisser Weise ja, Herr Doktor. Ich habe aber genau das selbe vor einigen Jahren schon mal gehabt, ging damals von der Lunge aus." Während ich meine Hose auszog und er mein rechtes Schienbein betrachtete, entwickelte sich eine Art von Fachgespräch, welches mich dann doch an die Grenze meines Wissens trieb, was ich mir nicht anmerken ließ.

Als ich meine Hose wieder anzog lächelte er mich vielsagend an. „Respekt Herr Hoff, Sie haben völlig Recht mit ihrer Diagnose." Ich hatte meine Fassung wieder gefunden. „Aber ich denke nicht, dass es wie damals von einer Sarkoidose aus geht?" „Nein Herr Hoff, diesmal ist der Auslöser ganz einfach Tinea pedis"

Nach einigem Suchen Abends im Internet wusste ich dann auch was das war – Fußpilz

Auf dem Parkplatz eines Möbelmarktes

Samstag morgen. Ich hatte gerade mein letztes Brötchen gegessen und machte mich über mein Frühstücksei her, als meine Liebste einen, auf den ersten Blick, grausamen Vorschlag bezüglich der Gestaltung des heutigen Tages machte. Was ich denn davon halten würde, heute in ein nahe gelegenes Shoppingcenter zu fahren. „Ich möchte gern mal wieder ein bisschen bummeln gehen."

Ich würde mal wieder ein bisschen bummeln gehen…… diese Worte können einem erwachsenen Mann das ganze Wochenende versauen. Schließlich sind wir Männer ja eher Jäger……..also mit festen Vorstellungen rein in ein Geschäft, Ware packen, bezahlen und fertig. Zweifellos ist diese Eigenschaft ein Überbleibsel aus der Vorgeschichte der Menschheit….das Mammut erspähen, es erlegen und letztendlich aufessen.

In den heutigen Zeiten der Zivilisation ist das doch schon etwas anders. Die Aufgabe des modernen und emanzipierten Mannes ist es nicht mehr,

irgendeine Beute zu erlegen…...nein
…..der moderne Mann ist damit
beschäftigt die Tüten seiner Liebsten in
Empfang zu nehmen, zum Auto zu tragen
und kurze Zeit später diesen Vorgang zu
wiederholen…..nicht ohne vielleicht vorher
noch einen Geldautomaten auf zu suchen.
Tja….irgendwie hat auch das mit einem
Beutezug zu tun.

Ich trank einen Schluck Kaffee und
lächelte meine Liebste an. Noch bevor ich
etwas antworten konnte rettete sie mir mit
folgenden Worten den Tag. „Du könntest
doch in der Zwischenzeit zu Möbelschulz
gehen, und dort nach den Regalen
schauen, die wir für den Flur haben
wollen." Schlagartig schmeckte der Kaffee
erheblich besser.

Auch die Frauen hatten offenbar ein paar
Evolutionsstufen hinter sich gebracht,
denn während die Weibchen früher ihre
Aufgabe darin hatten, das Fleisch des
Mammuts genießbar zu machen, ist die
moderne Frau sehr um das restliche
Wohlbefinden des Männchen bemüht.

Drei Stunden später. Mein Schatz hatte
ihre Gelüste befriedigt, der Kofferraum

unseres Auto war bepackt mit Einkaufstüten, und irgendwie hatte ich es dennoch geschafft, die Materialsammlungen, aus denen die gewünschten Regale entstehen sollten, im überdachten Bereich der Warenausgabe des Möbelmarktes im Auto zu verstauen. Meine Liebste hatte uns inzwischen zwei Plastikbecher Kaffee besorgt, die wir neben dem Auto an der frischen Luft tranken. So konnte auch ich noch eine Pfeife rauchen.

Während ich in Gedanken schon den Rest des Tages mit meinem Akkuschrauber den Flur ausräumte und die Regale aufbaute, schweiften meine Blicke umher.

Drei Personen schritten mit einer ungefähr drei Meter langen Küchenarbeitsplatte auf einem speziellen Einkaufswagen, auf irgendein Auto zu. Der Mann und die Frau waren beide mittleren Alters, den Wagen schob ein junger Mann, der wohl so Anfang zwanzig war. „Eltern mit Sohn,“ ich zog an meiner Pfeife und trank einen Schluck Kaffee. Als sie an ihrem Auto, einem italienischen Kleinstwagen, ankamen, lächelten meine Frau und ich uns an und ich griff in den Kofferraum um meine Jacke wieder an zu ziehen – das Schauspiel wollte ich mir nicht entgehen lassen.

Der Frau öffnete die Heckklappe, während der Mann durch die Beifahrertür offenbar versuchte einen Teil der Rückbank um zu klappen. Dann wurde die Arbeitsplatte ins Auto geschoben, was jedoch nur bedingt erfolgreich war, denn die Platte stand nach hinten fast soweit raus, wie das Auto vorne lang war.

Ein kleines Teufelchen auf meiner linken Schulter brachte mich soweit, dass ich mir einen Kommentar nicht verkneifen konnte. „Den Beifahrersitz umlegen, bis vorn durch schieben und Muttern später abholen." Die beiden Männer lachten, während die Dame des Hauses meinen Humor offenbar nicht teilte…. Genauso wie die Meinige. Jedenfalls stieß sie mir kräftig in die Rippen.

Nach einigen Minuten und einem sehr heftigen Wortwechsel scheinen die Drei eine interne Lösung gefunden zu haben, denn Heckklappe und Beifahrertür wurden geschlossen, die Frau stieg auf den Fahrersitz und fuhr mit dem Auto davon während die Männer, mit der Arbeitsplatte unterm Arm, den Parkplatz zu Fuß verließen und von dannen zogen.

„Schade, das hätte ich mir länger vorgestellt," ich trank meinen Kaffee aus. Da es inzwischen auf Mittag zuging, beschlossen meine Frau und ich im Restaurant des Möbelmarktes zu Mittag zu essen. Zur „Freude" meiner Frau hatte ich noch immer das Teufelchen auf meiner Schulter und so kam es, dass ich am Tresen des Selbstbedienungsrestaurant voller Inbrunst und mit todernstem Gesicht „Zweimal Autobahnigel mit Altölstäbchen" bestellte. Während die Gesichtsfarbe meiner Frau binnen einer Sekunde in ein eigenartiges Rot wechselte, sahen mich die Mitarbeiter an der Essensausgabe sprachlos an. „Ähhhhh was möchten Sie haben?" „Zwei mal Autobahnigel mit Altölstäbchen…" nach einem erneuten Stoß in meine Rippen befreite ich meine Frau und die Mitarbeiter aus der Situation. „Ok, zwei mal Frikadelle mit Pommes."

„Liebling, Du bist manchmal unmöglich," nach dieser ….naja doch mit einem liebevollen Lächeln vorgetragenen Zurechtweisung, ließen wir uns das Essen schmecken. Ein zweiter Rüffel folgte jedoch umgehend. „Und jetzt hör auf die Leute zu beobachten."

Wieder an unserem Auto angekommen, wollte ich erneut eine Pfeife rauchen.....zum Glück, denn so konnten wir die wahrhaft köstliche Vorstellung eines vollendeten Alltagsdramas mit erleben.

Ein jüngeres Pärchen versuchte, ein weißes ,zweisitziges Ledersofa in einen mittel großen SUV zu verstauen. Das Teil war richtig gut verpackt, passte jedoch in keinster Weise ins Auto. Also Sofa wieder raus und komplette Verpackung gelöst, welche die Frau mit dem lautstarken Fluch „Ich hab Dir gleich gesagt dass das Schwachsinn ist, aber nein der Herr muss ja die paar Euro für die Anlieferung sparen" zurück in Warenausgabe brachte.

„Hat ne schöne Stimme, fast wir Tina Turner," diesmal bekam meine Frau von mir einen leichten Stoß. „Holst Du uns nochmal nen Kaffee? Das könnte jetzt doch etwas länger dauern." Mit zwei Plastikbechern zurückkehrend, fand meine Frau jetzt scheinbar auch etwas

Gefallen daran die Leute zu beobachten. „Schau mal," meinte sie, „Die haben doch ne Anhängerkupplung, das hätte man doch anders lösen können."

Jetzt kam es zu einem zweiten Versuch das Sofa in den Kofferraum zu schieben, was jedoch auch nicht von Erfolg gekrönt war. Letztendlich wurde das Sofa, welches inzwischen insgesamt eine leichte Graufärbung angenommen hatte, kopfüber auf das Dach des Autos gepackt und mit einem wüsten Geflecht aus Bindfäden, welches wiederum von der Frau aus der Warenausgabe herbei geschafft wurde, irgendwie fest gebunden.

Als sich das Fahrzeug nach nunmehr fast einer Stunde langsam in Bewegung setze, kam ein Schild auf dem Parkplatz zum Vorschein, welches vorher für uns nicht sichtbar war. „Dachgepäckträger und Anhänger kostenlos zu leihen." Ich sah meine Frau an. „Schatz, hier fahren wir nächstes Wochenende wieder her."

Die Couch-Potato auf der Streckbank

„In sechs Wochen zehn Kilo abnehmen." Oder „Von der Sofakartoffel in sechs Wochen zum Traumkörper für € 30,00". So oder so ähnlich stand es in einer Werbeanzeige, die ein Fitnessstudio in der Nähe geschaltet hatte um neue Kunden zu werben. Meine Frau und ich wollten schon länger etwas gegen die Weihnachtspfunde tun, hatten aber keine Lust, dass wir uns auf irgendwelche jahrelangen Verträge einließen. So war ich bisher immer davon gekommen, und musste nur ab und an eine Runde Nordic Walking mit ihr durch einen Wald hinter mich bringen, der direkt an unser Grundstück grenzte.

Meine Frau las sich die Anzeige sehr lange, und vor allem sehr gründlich durch. Ich ahnte das Schlimmste. Wollte sie etwa? Ne….och nööö….. „Schatz, du das könnten wir doch mal machen. Sechs Wochen ohne weitere Verpflichtungen, Getränke und Sauna ist auch mit enthalten."

Naja…..um etwas zu trinken brauchte ich hier zu Hause vorher nicht stundenlang Gewichte an irgendwelchen Geräten bewegen. Ich ging einfach in den Keller und holte mir etwas hoch. Allein dadurch hatte ich doch jeden Tag auch schon Bewegung, immerhin zwei Treppen waren bis zum Keller zu bewältigen.

„Ich hab doch gar keine richtigen Sportklamotten," rief ich Frau hinterher. Sie war inzwischen aufgestanden und ging ins Schlafzimmer…. Ich beschloss, ihr dieses eine Mal nicht hinter her zu laufen. Brauchte ich auch nicht, denn nach ungefähr zehn Minuten kam sie mit einer Auswahl an Jogginghosen und T-Shirts zurück, die sie scheinbar in meinem Schrankabteil noch gefunden hatte. Sie lächelte mich merkwürdig an „Schatz schau mal, das müsste dir alles noch passen…..weißt du was? Ich ruf da gleich mal an."

Es war inzwischen ungefähr eine Woche vergangen, als ich unser Auto, mit zwei Sporttaschen im Kofferraum, auf den Parkplatz des Fitnessstudios steuerte. Das Studio hatte von außen den Eindruck einer umgebauten Lagerhalle. Ich nahm die Sporttaschen aus dem Kofferraum, verschloss die Heckklappe und hatte in meinem Kopf so ein völlig absurdes Bild von Zementsäcke tragen, Bierkisten stemmen und Holzpaletten schleppen.

Durch die Drehtür trat ein älteres Ehepaar lachend nach draußen, die beide ungefähr in derselben Gewichtsklasse zu sein schienen wie ich selbst. Als wir eintraten empfing uns eine Duftmischung von Schweiß und Sauna. Links neben der Eingangstür waren mehrere Sandfelder, wo einige Leute mehr oder weniger elegant Beachvolleyball spielten. Geradeaus ging es zur Sauna, und rechts vergnügte man sich auf mehreren Badmintonfeldern. Eine Treppe führte nach oben in die Fitnessabteilung. Dort mussten wir also hinauf.....na toll...wieso gab's hier eigentlich keinen Fahrstuhl?

Die Treppe war lang…...sehr lang, und meine Frau schwänzelte die Stufen mit Leichtigkeit hinauf. Ich konnte nicht anders, ich sah ihr für einen kurzen Moment hinterher und genoss verträumt den herrlichen Anblick ihres Hinterteils.

„Liebling, kommst du?" Aus der Traum.

Sie war inzwischen oben angekommen und ich schleppte nicht nur mich, sondern auch beide Sporttaschen die einundzwanzig Stufen hinauf. Sie stand bereits an der Anmeldung, als ich mit leicht rotem Kopf und von einem ersten Schweißausbruch gebadet, die letzte Stufe genommen hatte und ebenfalls zum Tresen ging.

Hinter dem Tresen der Anmeldung standen einige junge und durchtrainierte Menschen beiderlei Geschlechts, bei deren Anblick ich mich nicht nur dick und fett, sondern auch unendlich alt fühlte. Dieser Eindruck wurde bei mir noch bestärkt, als sich uns ein Trainer Namens Andreas vorstellte. Andreas war braungebrannt, ungefähr genauso groß wie ich…..aber nur halb so breit...jedenfalls von der Seite gesehen. „Hallo, ich bin Andreas, euer Trainer und du bist…..?" er reichte meiner Frau die Hand. „Ich bin Sylvia," „Sylvia, ok, und du bist?" Jetzt war ich an der Reihe diesem Astralkörper die Hand zu schütteln. „Ich bin Thomas." „Thomas und Sylvia, prima, wir sind hier alle per „Du", und ich heiße Euch herzlich willkommen, kommt bitte, wir gehen in meine Büro."

Nach einigen Fragen bezüglich ernsthafter gesundheitlicher Einschränkungen erstellte er einen individuellen Trainingsplan für jeden von uns. „Bevor wir jetzt zur Tat schreiten und ihr beiden Euch umzieht, bitte noch ganz kurz auf die Waage, und dazu bitte Schuhe und Socken auszuziehen." Na toll…..auf die Waage. Und dann scheinbar auch noch auf so ein super tolles Teil, welches den Anteil vom Körperfett ermittelte. Da wollte mir jemand den Tag wohl vollends versauen. Während Sylvia bereits auf der Waage stand, suchte ich verzweifelt nach Ausreden. Von der Version mit Fußpilz bis hin zu stark ansteckenden Nagelpilz hatte ich alle möglichen Krankheiten im Kopf um nicht auf diese Waage zu müssen. Ich hatte jedoch keine wirkliche Chance, denn Andreas desinfizierte die Waage, nachdem meine Frau mit dem Wiegen durch war.

Andreas zeigte uns den Weg zu den Umkleideräumen, und wir machten uns auf den selbigen. „Ich zeige euch dann gleich die einzelnen Geräte, ok?" Rief er uns hinterher. Ich hielt meine Frau kurz am Arm fest. „Du, die Waage kann nicht stimmen…..ich wiege doch nicht soviel wie ein halber Trecker-Reifen...das kann nicht sein, die Waage spinnt." „Wie man es nimmt," lächelte sie. „Bei mir kam sie bis auf ein Kilo hin, wann warst du denn zuletzt auf unserer Waage?" „Kurz nach dem ich bei dir eingezogen bin…..ok ok ok….bis gleich." Wenn ich noch ein Fünkchen Selbstbewusstsein hatte…..im Umkleideraum war es damit jetzt absolut vorbei. Es war viele ….sehr viele Jahre her, dass ich zuletzt mit anderen Männern in so einer Umkleide gewesen bin…..ich glaube, es war damals bei der Bundeswehr, als ich gerade bei 76 kg wog. Und damals habe ich mir meine Kameraden nie genau angeschaut….aber diesmal war das doch etwas anders.

Die wenigen Typen, die meiner Gewichtsklasse näher kamen – also solche Sumoringer waren wie ich – erkannte ich kaum. Aber der Rest? Oh man. Die Bezeichnung Sixpacks hatte ich ja schon gehört….aber eher im Getränkemarkt…….egal, da musste ich jetzt durch. Ich suchte mir einen Schrank und zog mich um. Ein kurzärmeliges T-Shirt, eine halblange kurze Hose und die Sportschuhe. Ich verschloss den Schrank, nahm mein Handtuch und vermied es beim Rausgehen in den großen Spiegel zu schauen, dennoch kam ich mir mit meinen käsebleichen Beinen und dem dicken Bauch irgendwie blöd vor. Ich ging noch mal zurück und sah mich im Spiegel im Profil. Ok, das Gesicht...hey, das Gesicht sah gar nicht so schlecht aus.....und der Bauch....naja....eigentlich waren meine Beine das Problem, denn die waren ...naja...wie sollte ich sagen......die Beine waren gemessen am Bauchvorbau nur ein bisschen weit hinten.

Andreas empfing uns am Tresen und machte zum Aufwärmen die Vorschläge zehn Minuten „Fahrradfahren" auf dem Ergometer....was für ein tolles Wort für so ein Vehikel auf dem man nicht vorwärts kam. Die zweite Variante war zwanzig Minuten Yoga. Ok, ich kannte Yoga nur aus dem Fernsehen als langsame Abfolge von Figuren, die da hießen Baum, Sonne oder so ähnlich.

„Lass uns Yoga machen", sagte ich zu Sylvia ."Das werde ich für den Anfang ja wohl hinbekommen." Sie lächelt mich vielsagend an, und wir gingen auf den Raum zu, in dem schon einige Teilnehmer warteten. Andreas folgte uns ein paar Schritte und legte mir die Hand auf meine linke Schulter. „Thomas, ich warte noch einige Minuten vor der Tür." Wie bitte? Was sollte das denn jetzt?

Die Trainerin, wohl so um die Mitte Zwanzig, begrüßte die anwesenden Teilnehmer und wies meiner Frau und mir die Plätze zu. Ich sah mich kurz um. Ok, das Alter schien hier keine so große Rolle zu spielen....aber ....naja...die weit hinten angesetzten Beine wohl schon.

Bei der ersten Figur, dem „Baum" kam ich noch ganz gut mit. Kaum hatte ich die eingenommen, ging´s zur Figur „Krokodil"...ok das klappte auch noch einigermaßen. Dann kam, nach wenigen Sekunden, die Figur „Blume".....prima...Yoga macht Spaß, dachte ich.

Bei der Figur „Bogen" war mir mein Bauch das erste mal im Weg und ich wippte hilflos auf meiner Wampe von einer Seite zur anderen, bevor ich schließlich zur Seite umkippte. Bei der nun folgenden Figur „Parsvottanasana" - der Name erinnerte mich irgendwie an „Nesaja", diese uralte Schildkröte aus dem Musikmärchen Tabaluga - sollten wir im Stand den Kopf durch die Beine stecken und quasi nach hinten schauen. Das war es dann. Es machte irgendwo „Knirsch", und ich hatte wechselweise das Gefühl eines intraabdominalen Traumas und einer geplatzten Hose. Er reichte mir. Ich sah meine Frau an, die sich eigenartiger Weise bei diesen Übungen herrlich wohl fühlte, nahm mein Handtuch, und verließ mit einem kurzen „Tschüss, ist nichts für mich" den Raum und .....und lief, ja ich lief nach dem Öffnen der Tür Andreas direkt in die Arme.

„Hi Thomas, alles gut bei dir?" Ich griff kurz nach meiner Hose, die war heil, der erste Teil meiner Diagnose fiel also flach. Ich schaute ihn mit schmerzverzerrtem Gesicht an. „Verdacht auf intraabdominales Trauma." Er sah mich an und wurde kreidebleich. „Wie bitte? Was?" Jetzt legte ich meine Hand auf seine Schulter um ihn zu beruhigen. „Nicht so schlimm....war früher beim Bund Sanitäter......mir tut mein Schnitzelfriedhof weh....geh jetzt Fahrradfahren." Irgendwie kam mir dieser ganz kleine Trumpf gegenüber diesem durchtrainierten

Muskelpaket ganz recht.

Die folgenden Wochen hatten es wirklich in sich. Da wir im Voraus bezahlt hatten, war natürlich ein gewisser Ansporn vorhanden etwas für sich und einen Körper zu tun. Andreas gab sich wirklich sehr viel Mühe, ganz besonders beim Gespräch nach Ablauf der sechs Wochen, als meine Frau und ich nochmals auf der Waage standen. Sylvia hat sechs Kilo und ich fast sieben Kilo abgenommen. „Hey, ihr Beiden, das ist doch super." freute sich Andreas. Ja, auch meine Frau und ich freuten uns sehr. Wir fühlten uns beide auch wirklich sehr viel kräftiger, was wir Andreas auch sagten.

Mit den Worten „Dann lasst uns doch diesen Weg gemeinsam weitergehen," legte er uns zwei Verträge über vierundzwanzig Monate für jeweils € 240,00 vor, zu bezahlen im Voraus. Meine Frau und ich sahen uns kurz an. Sylvia legte ihre Hand auf meinen Bauch und erwiderte trocken „Nö...lass mal....Zwölf Schnitzel sind weg, den Rest schaffen wir auch mit Nordic Walking.....und von dem gesparten Geld gehen wir hin und wieder zum Griechen."

Ich hab noch was vergessen

Das Navi zeigte bis nach Hause noch ungefähr einhundertfünfzig Kilometer an. Meine Frau und ich waren wieder einmal auf dem Rückweg von, einem sehr schönen und entspannten Tagesausflug an die Nordsee. Wir hatten schon lange den Gedanken, dort den Rest unseres Lebens zu verbringen. Unser jetziges „Zu Hause" hinter uns zu lassen. Weil wir in der Vergangenheit schon sehr häufig in der Gegend waren, hatten wir auch schon ein chinesisches Stammlokal, in dem wir immer einkehrten und kannten auch ansonsten die Gegend wie unsere Westentasche.

Der CD-Player im Auto spielte herrliche Seemanns Musik von einem Shanty Chor, bei dem auch unserer Schwager seit vielen Jahren mit wirkte. Und weil heute erst Freitag war, hatten wir das ganze Wochenende noch vor uns. Das Leben kann so schön sein. Entspannung pur. Der Motor des Autos brummte gemütlich vor sich hin. Wir hörten ein ganz spezielles Lied....hey, das ist doch Schwager Gerd, der da seinen Soloauftritt hat?
Ich hatte Tränen in den Augen. Da hört

man Musik im Auto von jemandem, den man fast sein ganzes Leben kennt.

Doch irgendwas hatte ich jedoch scheinbar in den letzten Tagen verbrochen..... keine Ahnung was, das Katzenklo nicht sauber gemacht, den Müll nicht raus gebracht... vielleicht waren auch die Frühstückseier, die ich meiner Liebsten am Vortag gekocht hatte, zu weich oder auch zu hart? Ich wusste wirklich nicht, warum und weshalb mich der liebe Gott jetzt strafen wollte oder musste. „Schatz, ich brauche noch was, halt doch bitte nochmal bei Ladl, Adlo oder Notta an, ok?"

Diesen Satz kannte ich, und ich hasste ihn wie....naja, Sie wissen schon was man alles so hassen lernt im Leben. Da wären der Teufel das Weih-Wasser, die Motten das Licht, die Schwiegermutter, den Nachbarn oder irgendwelche Anrufe von Kindern des Partners, die man nicht selbst gezeugt hat. Da wir am Rande eines kleinen Dorfes lebten, fiel auch der Bauer mit seinem Güllewagen am Samstagmorgen auf dem Feld hinterm Haus unter diese Kategorie.

Lieber Gott, doch bitte nicht das…..wir waren doch gestern erst drei Stunden einkaufen….Essensvorräte für gefühlte zwei Wochen stapeln sich seit dem Vortag in unserem Keller…..hab auch alles gemacht was meine Liebste von mir wollte, hab gestern sogar die Mülltonnen sauber gemacht. Herrgott was willst Du denn noch? Aber gut. In den früheren Zeiten des menschlichen Daseins war das Männchen für die Jagd, also für die Nahrungsbeschaffung zuständig, während das Weibchen die Jungen auf zog und die Höhle sauber hielt. In den modernen Zeiten ist das ja inzwischen anders geworden.

Bei dem Gedanken, dass mich mein Weibchen mit Lendenschurz und Holzspeer noch mal aus der Höhle trieb um ein Mammut zu jagen, musste ich schmunzeln…. Ne, ne…ne ne...die modernen Zeiten sind doch irgendwie besser. „Schatz, hast Du gehört?" riss mich meine Frau aus meinen Gedanken. „Ja Weib, lass uns den Speer nehmen und erneut auf die Jagd gehen." Der Blick meiner Frau, diese fragenden Augen. Toll, einfach schön dass man seine Liebste immer noch naja, irgendwie überraschen kann. „Wo willst Du mit nem Speer hin…..was ist denn jetzt los?" „Alles gut, hatte grad einige Gedanken," wir fuhren auf das nächste größere Dorf zu. „Da vorn ist Notta, ist das ok?" Sie stimmte mir zu und kurze Zeit später parkte ich das Auto, löste den Gurt und öffnete die Tür. „Ne Schatz, Du brauchst nicht mit zu kommen. Rauch Du ne Pfeife, ich bin gleich wieder da."

Du brauchst nicht mit zu kommen, bin gleich wieder da. Ohjehhhhhy, wie oft hatte ich das schon gehört. Aber gut. Ich stopfte mir ne Pfeife, steckte sie an, und nahm genüsslich ein paar Züge und sah viele Pärchen mit übervollen Einkaufswagen aus dem Markt kommen. Klar, morgen war Ostern. Es folgten also zwei Tage an denen es nichts zu kaufen gab. Mir fiel auch noch auf, dass viele Rentner jetzt noch einkauften. Bei aller Liebe. Wieso blockieren die jetzt die Kassen wenn Berufstätige nach Feierabend einkaufen? Die Discounter sind neuerdings ab sieben Uhr morgens geöffnet. Die könnten doch bis um zehn Uhr alles erledigt haben….brauchen doch eh nicht mehr so viel Schlaf. Ok, ok…..ich sag ja schon nichts mehr.

Meine Pfeife war leer, also war meine Frau schon über fünfzehn Minuten im Laden. Ich schloss das Auto ab und ging ihr nach. Schon im Eingangsbereich fiel mir ein Rentnerpaar auf, welches, mit zwei blauen Müllsäcken bewaffnet, den Pfandautomat für diese Plastikflaschen fütterte, während sich hinter den Beiden bereits eine lange Schlange gebildet hatte Ich schaute auf meine Uhr, es war kurz vor der Tagesschauzeit und konnte mir einen lautstarken Kommentar nicht verkneifen. „Na? Verschlafen?" Ohne eine Reaktion abzuwarten, ging ich weiter um meine Frau zu suchen.

Oh man, was für ein Gewusel in den Gängen. Naja, da sitzen die Kassiererinnen jedenfalls nicht umsonst so spät an der Kasse. Normaler Weise gehen weder meine Frau noch ich um diese Uhrzeit noch einkaufen. Wir boykottieren auch die geöffneten Sonntage. Ich habe früher selbst mal im Einzelhandel gearbeitet. In einem Baumarkt. Aber das war noch zu Zeiten, als es den so genannten langen Donnerstag gab. Ansonsten war der Baumarkt damals jeden Abend um

Achtzehn Uhr dicht. Außerdem ist ein Baumarkt ja auch noch was anderes, da laufen wenigstens alle paar Meter diese Monitore mit irgendwelchen Werbevideos. Ist zum Teil ganz interessant. Wenn auch nur für Männer.

Heut zu Tage haben ja diese Discounter mitunter von sieben Uhr Morgens bis zweiundzwanzig Uhr geöffnet. Aber angesichts dessen, was hier jetzt noch los war, scheinen die Menschen doch wenig Zeit zu haben. Wo ist denn meine Frau bloß….ich ging suchend durch die Gänge. Da hinten? Ne das kann sie doch nicht sein. Eine Frau hielt auf dem linken Arm so viele Sachen….davon hätte ich früher alleine drei Tage überleben können. Ansonsten waren nur noch die Beine und ein Teil des Kopfes zu sehen.

Doch…...diese Jeanshose, die Schuhe und vor allem das Tattoo am rechten Handgelenk. Das war sie. Ich beschloss mich von hinten an sie ran zu schleichen. Ich war ja früher bei der Bundeswehr Ausbilder…da, sie sollte mal sehen was sie davon hat.

„Aaaachtung!" …..ok, war vielleicht ein

bisschen laut, Sie zuckte derart zusammen, dass sie die ganzen Sachen fast fallen ließ. Mit dem Blick, mit dem sie mich ansah, hätten wir früher jeden Krieg verloren. „Geht´s noch?" „Schatz, mein Tabak ist alle…..aber," ich musste jetzt doch irgendwie Schadenbegrenzung betreiben. "Ich weiß jetzt, was Du vergessen hast." „Was?" „Na einen Einkaufswagen…..ich liebe Dich… aber trotzdem." mit diesen Worten machte ich mich auf den Weg nach draußen um einen solchen zu holen.

Draußen angekommen stellte ich fest, dass ich keine passende Münze bei mir hatte um einen Einkaufswagen zu entriegeln. Der passende Chip lag ebenso im Auto wie meine Jacke. Ich war nur mit einem Hemd bekleidet. Im Februar. Mit einem derartigen Einsatz hatte ich ja nicht mehr gerechnet.

Das wäre auch nicht weiter schlimm gewesen, wenn es nicht gerade jetzt wie aus Kübeln geregnet hätte. Nicht wenige Menschen standen bereits unter dem Vordach des Marktes um den Regenschauer ab zu warten. Auf meine Frau warten? Ne, das konnte ich mir jetzt nicht mehr erlauben. Unter Aufbietung meiner letzten Körperreserven, die ich für den Abend noch zurück gehalten hatte, nahm ich den Chip vom Armaturenbrett und rannte, inzwischen völlig durchnässt, wieder zurück.

Gerade, als ich den Einkaufswagen entriegeln wollte, kam meine Frau mit zwei Einkaufstüten aus dem Markt und sah mich an. „Wie siehst Du denn aus? Ich hatte doch gesagt Du brauchst nicht mit rein zu kommen."

Wo kommt denn der Film rein?

Eines meiner Hobbys, welches ich bereits seit vielen Jahrzehnten betreibe, ist die Photographie. Schöne Momente des Lebens, also ganz kurze Momente, eher Sekundenbruchteile, in einem Bild fest zu halten, ist einfach faszinierend. Für eher unwichtige Bilder, also von meinen Haustieren, meinen Modellen oder Schnappschüsse von meiner Frau, habe ich seit kurzem eine kleine Digitalkamera. So ein einfaches Knipsdingens für gerade mal fünfzig Euro. Ich weiß, das kann man auch mit einem Smartphone machen, aber ich habe da nur so altes Teil, mit dem man einfach nur telefonieren oder diese SMS schreiben kann. Dafür ist es aber ungeheuer robust, und ich brauche nur alle paar Tage dieses dämliche Ladegerät zu suchen, weil der Akku ne ganze Woche durch hält.

Für die wichtigen Fotos habe ich noch so eine schöne alte Spiegelreflex-Kamera, wo hinten diese kleine Filmpatrone rein kommt. Da knipst man nicht einfach wild drauflos, macht von irgendwelchen Dingen mal eben fünfzig Digifotos um dann am Ende stundenlang nach dem einen wahren Bild zu suchen. Nein, bei nur sechsunddreißig Bildern pro Film überlegt man sich jedes Foto genau und achtet auch auf die störenden Dinge im Hintergrund, die einem das ganze Bild versauen. Also irgendwelche leeren Flaschen, Zigarettenschachteln, Essensreste oder auch dumm aussehende Passanten. Wobei die ja auch nichts für ihr Aussehen können. Es ist auch immer wieder ein Erlebnis, die Filmpatrone nach dem Zurückspulen und dem Öffnen des Gehäusedeckels aus der Kamera zu nehmen.... Besonders wenn das mit dem Zurückspulen nicht so ganz geklappt hat. Von dem Glücksgefühl, wenn man nach einer Woche des Wartens die entwickelten Fotos abholt, mal ganz zu schweigen.

Alles im Leben auf dieser Erde ist endlich – nichts hält ewig. Meine gute alte analoge Spiegelreflex-Kamera machte da nach fast zwanzig Jahren keine Ausnahme. Die Objektive wurden nicht schöner, die Kratzer auf dem Kamera Gehäuse auch nicht weniger, und der Verschluss klemmte auch ab und an. Ich bin den neuen Techniken gegenüber ja auch sehr aufgeschlossen – abgesehen von meinem Handy vielleicht. Laptops, Flachbildfernseher, WLAN-Router, Drucker und sonstige Geräte in unserem Haushalt sind absolut auf dem neuesten Stand.

Die vermeintlich besten Entschlüsse im Leben werden ja bekanntlich am frühen Morgen nach dem Aufwachen gefasst. Der Kauf eines neuen Autos vor einigen Wochen, der Heiratsantrag an meine Liebste vor einigen Jahren und vieles mehr. All diese Dinge wurden bei mir immer wenige Minuten nach Sonnenaufgang beschlossen. Meine Frau schien das genauso zu sehen, denn sie antwortete seinerzeit auf meinen Antrag innerhalb weniger Sekunden......natürlich im Sinne unserer bis heute andauernden Liebe, jedenfalls hab ich noch immer diesen Eindruck. Und so war es auch an diesem Tag, als ich direkt nach dem Frühstück meine alte Kamera ein letztes Mal minutenlang in die Hand nahm, um sie in den wohlverdienten Ruhestand zu entlassen und sie auf einen Ehrenplatz im Wohnzimmerregal legte.

„Na, mein Schatz....ist es soweit?" Meine Frau hatte mich schon die letzten Tage beobachtet, als ich Fachzeitschriften durchgelesen und im Internet nach Testberichten zu digitalen Spiegelreflex-Kameras gesucht hatte. Irgendwie fühlte ich mich ertappt. Hat Mann denn nach einigen Jahren des Zusammenlebens gar keine Geheimnisse mehr, ist man schon so leicht zu durchschauen? „Ja Liebling, es ist so weit. Wollen wir nachher……?" Weiter kam ich gar nicht. „Zum Einkaufspark? Ja gerne," sie trank ihren Kaffee aus und lächelte mich vielsagend an. „Endlich mal wieder shoppen gehen." Doch halt, sie hielt inne…. Und für einen Moment wurde ihr Blick jetzt doch etwas ernster. „Oder willst Du den armen Verkäufern wieder das Leben schwer machen?" Ich werde es nie begreifen wie sie es immer wieder schaffte meine Gedanken zu erraten. „Du meinst diese sogenannten Fach…...oder besser Flachberater?" Nichts ahnend war sie es, die gerade jetzt meine Phantasie ins Laufen gebracht hatte……

Einige Zeit später. Wir hatten unser Auto geparkt und gingen direkt in die Fotoabteilung des Elektronikfachmarktes in dem besagten Einkaufspark. Meine Frau hätte sich sicherlich erst mal mit allen vierunddreißig Kameras die in dem Regal aufgebaut waren, vertraut gemacht. Am liebsten hätte sie auch noch die Handbücher direkt gelesen. Doch es war ja inzwischen auch schon elf Uhr Vormittags. Und vierunddreißig Handbücher mit jeweils so ungefähr einhundert Seiten. Ne…...ooooch ne….bitte nicht. Gut, dass ich meine Vorarbeit schon geleistet hatte.

Außerdem …..wie soll ich sagen? Doch ...naja, ich bin halt ein Mann, also von der Gattung Jäger und Sammler So hatte ich bereits nach wenigen Minuten die Kamera in der Hand, für die ich mich in den letzten Tagen bereits entschieden hatte. „Wie, Du weißt schon welche Du willst ohne Dir die anderen Dinger noch anzuschauen?" Bingo. Ich war also doch noch in der Lage meine Frau zu überraschen.

Ich betrachtete die Auserwählte, also nein, nicht meine Frau, sondern „meine" neue Kamera, sehr intensiv, und hätte ich jetzt einfach, etwas weiter unten ins Regal gegriffen und mir ein originalverpacktes Exemplar genommen, alles wäre gelaufen gewesen. Der liebe Gott kannte mich jedoch schon ganz gut. Und so gefiel es ihm, dass gerade jetzt ein Verkäufer neben mir stand und die, für ihn verhängnisvollen, Worte sprach „Kann ich Ihnen helfen?" Verhängnisvoll? Doch ja. Wie gesagt, jedenfalls für ihn. Weder meine Frau noch dieser arme Mensch haben ihn gesehen. Diesen kleinen Teufel, der auf meiner rechtens Schulter saß und mir gerade jetzt ins Ohr flüsterte „Du hast Dich doch schon entschieden, komm, jetzt hab einfach etwas Spaß."

Ich zeigte ihm die Kamera, schwenkte sie in meiner Hand hin und her. „Ja vielleicht können Sie mir tatsächlich etwas erklären" „Gerne dazu bin ich ja da." Meine Frau und er sahen mich erwartungsvoll an, als mir das Teufelchen auf meiner Schulter geradezu in den Hintern trat. „Sagen Sie, wo kommt denn hier der Film rein?" Das war der Moment, als meine Frau ganz langsam ein paar Schritte zurück ging. „Welcher Film?" „Na, der Film für die Bilder. Das, was ich immer zum Entwickeln gebracht habe." „Kenne ich nicht, da kommt kein Film rein, da kommt ne Speicherkarte rein, schauen sie, hier." Der Verkäufer nahm mir die Kamera aus der Hand und öffnete den Kartenschacht.

„und über USB Kabel geht's auch." Ich beschloss nach zu legen. „Wie Karte?, ne nichts Karte, ich zahle Bar, hab genug Geld dabei....ach so und Kabel haben wir nicht, wir haben eine Satelitenschüssel."

„Mein lieber Herr"...... „Hoff heiße ich." „Mein lieber Herr Hoff, haben Sie überhaupt schon mal fotografiert?" Aha, jetzt eröffnete der Verkäufer scheinbar die zweite Runde. „Aber ja doch," sagte ich. „Ja schon lange, so mit diesen Filmpatronen, wo ich immer sechsunddreißig Bilder pro Film hatte, und bis zwölfhundert Millimeter Brennweite." „Ok......" er holte tief Luft. „Also, hier haben Sie nur ne tausender Brennweite, und mit Kabel meine ich so ein USB-Kabel, mit dem sie die Kamera an einen PC anschließen können." Ein fragender Blick traf mich. „Äh....Sie haben doch einen PC?"

„Wir haben sogar drei Laptops, zwei zum Arbeiten und eines zum daddeln. Und die sind auch auf dem neusten Stand, sie haben USB 3.0." Jetzt wollte ich auch mal mit meinem Fachwissen glänzen. Er atmete kurz auf......scheinbar hatte er zwischendurch die Horrorvorstellung einen alten Almzausel vor sich zu haben, der noch nie ne Email geschrieben hat.

Er gab sich wirklich alle Mühe, denn jetzt folgten wortreiche Erklärungen über die Programme, Blenden – und Zeitautomatik der Kamera. Ich musste gestehen, dass er von seinem Job wirklich, naja, zumindest etwas, Ahnung hatte. Dann jedoch machte er mir wiederum eine Steilvorlage, bei der ich nicht umhin ihn weiter zu…..."prüfen?"

„Sie können mit der Kamera auch Filme in HD-Qualität machen." Obwohl ich genau wusste, was er meinte, und er mir irgendwie auch ein…..naja, ganz kleines bisschen leid tat, legte ich erneut nach. „Das ist doch das Stichwort, also, wo kommt denn nun hier der Film rein?" Er holte erneut tief Luft und sehnte sich sicherlich nach einem Kollegen, einer Kaffeepause oder vielleicht auch einem anderen Job.

„Herr Hoff, ich meinte dass Sie mit dieser Kamera auch Videos, also Filme in HD-Qualität drehen können." „Brauch ich nicht. Ich hab so eine acht Millimeter Kamera zum Filmen." „Was? Acht Millimeter? Was ist das?" „Na so ne Film-

Kamera halt, kommt auch n Film rein, den ich zum Entwickeln bringe." „Herr Hoff, ich bin gleich wieder da, bitte nicht weglaufen." Schade, dachte ich. Vorbei, dabei hatte es doch gerade so viel Spaß gemacht. Ich blickte mich um und suchte meine Frau. Mein Blick fand Sie mir direkt gegenüber im nächsten Gang bei den Handys. Sie hatte die Szenerie scheinbar die ganze Zeit verfolgt.. „Den Mann hast Du geschafft," sagte sie. „Der schmeißt wohl grade seinen Job." lächelte ich sie an.

Doch wir hatten uns beide getäuscht, denn der gute Mann kam gerade mit einer Speicherkarte in der Hand zurück. „Schauen Sie Herr Hoff, das ist eine Speicherkarte." „So was haben wir, da spiele ich immer unsere Musik oder Hörbücher drauf, und die stecken wir dann in den Kartenschacht von unserem Autoradio." Ich nahm die Karte in die Hand, schaute sie mir sehr ausführlich an und hatte die nächste dumme Frage auf den Lippen. Doch meine Frau hatte scheinbar Mitleid mit dem Verkäufer und löste die Situation kurzer Hand auf.

„Sie dürfen das meinem Mann nicht übel

nehmen." Sie stand plötzlich direkt neben mir. „Er weiß natürlich, was eine SD-HC-Karte ist und kennt sich auch im übrigen sehr gut aus." Der Verkäufer sah sich kurz in alle Richtungen um. „Versteckte Kamera, oder?" „Nein," meine Frau nahm mich in den Arm, und legte die andere Hand auf die Schulter des geplagten Verkäufers. „Mein Mann liebt es halt die Menschen manchmal ," „Zu Verscheißern?" Der Verkäufer war bezüglich seiner Gesichtsfarbe auf dem Weg der Besserung. „Nein," jetzt lächelte ich ihn an. „An die Grenzen des alltäglichen Wahnsinns zu treiben…..aber Sie mein Lieber Herr?," „Ich heiße Schnirrbrowski" „Herr Schniirbrowski…..Sie haben bestanden. Ich werde eine Nachricht an den Markt hier schreiben und Sie wirklich lobend erwähnen. Verstehen Sie bitte…. Es wird in der heutigen Zeit immer so viel technisches Wissen voraus gesetzt…..wie gesagt…...alles gut…. Haben Sie vielen Dank, sind Sie am Umsatz beteiligt?" „Nein leider nicht."

Auf dem Weg zum Auto stupste meine Frau mich an. „Du bist unmöglich". „Wie man es nimmt." antwortete ich. „Aber ich glaube nicht, dass Schnirrbrowski bisher von irgend jemand anderem eine Belobigung bekommen hat. Den meisten Kunden ist es doch völlig wurscht, was die Leute hier leisten" Sie nahm mich in den Arm. „Die hat er sich aber auch wirklich verdient."

„Aber so was von. Und günstiger als im Internet war die Kamera hier auch noch. „Was?" „Doch, Achtundvierzig Euro günstiger als beim Online Händler.

Und deshalb lade ich Dich jetzt auch zum Essen beim Griechen ein." Meine Frau nahm mich in den Arm und lachte. „Zum Griechen? So wie Du grad drauf bist?" „Ja.….ähhhh warum nicht?" „Ok, aber nur wenn Du kein Hamstergulasch bestellst

Die Geschichte vom Weihnachtshasen

Dies ist die Geschichte vom Ostermann, ach nein, es ist der Weihnachtshase. Auch nicht… also noch mal von vorn, es ist ja auch etwas verwirrend.

Also, dies ist die Geschichte vom Osterhasen der ein Weihnachtsmann sein sollte. Um Euch diese Geschichte erzählen zu können, müsst Ihr noch das eine oder andere wissen.
Viele Menschen glauben dass ein Weihnachtsmann nur wenige Wochen im Jahr arbeitet. Ein paar Wochen in der Weihnachtszeit die Menschen glücklich machen und den Rest des Jahres frei machen. Aber so ist es nicht. Die Weihnachtsmänner, und auch ihre Frauen, haben 8 Monate im Jahr sehr viel zu tun.

Sie beobachten die Kinder ob sie das ganze Jahr über auch redlich und brav sind. Das gilt natürlich auch für die Erwachsenen. Und dann müssen sie auf dem laufenden sein, was die Menschen auf der Erde sich so wünschen. Ein Weihnachtsmann, und auch seine Frau, wissen deshalb ganz genau was ein

Game Boy, ein Milchaufschäumer, Ein I-Pod oder auch ein LCD-Bildschirm ist. Dann müssen sie sich das ganze Jahr über um die Wunschzettel und die Verteillisten der Geschenke kümmern…… das ist wirklich ne ganze Menge.

Dadurch bleibt natürlich wenig Zeit sich auch noch um Nachwuchs zu kümmern, wie man sich denken kann. Deshalb bekommen der Weihnachtsmann und seine Frau, wenn sie kurz vor der Rente stehen, ein Kind, das Ihnen bei der Arbeit helfen und sich um die beiden im Alter kümmern soll. Ein Kind das gleich bei der Arbeit helfen soll? Ihr wundert euch jetzt sicherlich. Nun auch diese Sache ist anders geregelt als bei den Menschen. Die Kinder von den Weihnachtseltern sind immer fast erwachsen, wenn sie bei Ihren Eltern ankommen. Sie altern halt einfach schneller als Menschen, oder habt Ihr schon mal einen jungen Weihnachtsmann gesehen? Es ist klar, dass bei all diesen Dingen auch mal das eine oder andere schief läuft und nicht so kommt, wie es eigentlich hätte kommen sollen.

So liebe Leser. Diese Dinge mussten hier gleich am Anfang ein wenig erklärt werden. Und jetzt kann sie endlich losgehen, die Geschichte vom Osterhasen der ein Weihnachtsmann werden sollte.

"Da....hast Du das gehört?" die Weihnachtsfrau sah ihrem Mann in die Augen. Beide lagen noch in ihrem Bett und eben war ein Geräusch aus der unteren Etage ihres Weihnachtshauses zu hören. "Ja, hab ich auch gehört" gähnte der Weihnachtsmann, er war noch sehr müde. Die letzten Wochen waren wie in jedem Jahr sehr hart für die beiden gewesen. Aber diesmal war´s doch noch etwas schlimmer gewesen als die Jahre zuvor. Ein Wunder war das aber nicht, schließlich waren beide schon ziemlich alt, er 198 und sie 193 Jahre. Der Weihnachtsmann würde also in 2 Jahren in den Ruhestand gehen. Und deshalb wunderten sich die beiden nicht über das Geräusch, welches sie grad gehört hatten. Im Gegenteil, sie freuten sich darüber denn es konnte nur bedeuten, dass sie eben gerade ihr Kind geliefert bekamen. Während der Weihnachtsmann sich gerade noch einmal umdrehen wollte, stand die Weihnachtsfrau auf, zog sich ihren roten Morgenmantel und die Hausschuhe an und machte sich auf den

Weg in die Diele ihres großen
Weihnachtshauses.

Schon als sie die Treppe von der oberen
Etage herunter ging, erkannte sie die
große wiegenartige Verpackung, die
neben der Treppe gleich vor der Haustür
stand. Die Weihnachtskinder werden
nämlich immer direkt ins Haus geliefert,
weil der Weihnachtsstorch einen
Generalschlüssel für alle
Weihnachtshäuser hat. Schließlich ist es
ja im Januar noch ziemlich kalt und da
kann man schließlich keine Kinder vor die
Tür legen. Neugierig kam die
Weihnachtsfrau näher, um sich ihr Kind
etwas genauer an zu schauen. Sie kniete
sich vor der Kiste und öffnete sie sehr
vorsichtig. Oben im Bett bemerkte der
Weihnachtsmann, dass seine Frau schon
aufgestanden war.

"Hhhhhmmmmmmmm" brummte er…..
"kann es wieder nicht abwarten hmm?" er
sprach immer mal mit seiner Frau, auch
wenn diese es gar nicht hören konnte.
Das war so eine kleine Marotte, die er sich
in den letzten 150 Jahren im Umgang mit
seiner Frau angewöhnt hatte.
"Ahhhhhhhhhhhhhiiiiiii….. Was ist denn das?

Oh nein!"….. das Geschrei seiner Frau sorgte dafür, dass der Weihnachtsmann schlagartig hellwach war. Schnell zog er seine Hausschlappen an und schlurfte zur Treppe. „Was ist denn los?" rief er mit seiner Reibeisenstimme die Treppe hinunter. "Was kann Dich so aus der Ruhe bringen, so habe ich dich ja zuletzt vor 70 Jahren erlebt." Er erinnerte sich noch sehr genau, damals waren sie in den Urlaub geflogen und die Rentiere der beiden hatten den Schlitten statt nach Hawaii doch glatt zum Südpol gezogen, obwohl beide endlich mal am Meer Urlaub machen wollten.

"Schau Dir das mal an, was haben die uns hier geliefert?" "Wieso, ist´s zu klein? Ich hatte einen Jungen so um die 10 bis 12 Jahre bestellt" Der Weihnachtsmann kam schnell die Treppe herunter, und als er bei seiner Frau und der Kiste angekommen war, sah er die Bescherung. Weihnachtskinder kommen eigentlich immer schon in der richtigen Kleidung, die auch automatisch mit ihnen mitwächst. Also ein roter Mantel, schwarze Stiefel, rote Hose und vor allem die Mütze. Nur der weiße Bart fehlte halt am Anfang noch.

Aber was war das in der Kiste? Es hatte ein braunes Fell, eine schwarze Stupsnase, sehr große Ohren und einen kleinen Bürzel am Hintern. Vor allem aber hatte es keine Kleider am Leib. Keine Hose, keinen Mantel, keine Stiefel und natürlich auch keine Mütze. "Was hast Du da bloß wieder bestellt? Wieder so ein Sonderangebot vom Himmeldiscounter?" Frau Weihnachtsmann konnte sich nicht beruhigen. Ihr war inzwischen vor Aufregung so warm geworden, dass sie sogar ihren Morgenmantel ausgezogen hatte. Mit einem kleinen elektrischen Ventilator pustete sie sich selbst frische Luft zu. "Ich glaube…. aber das kann eigentlich nicht sein" der Weihnachtsmann überlegte fieberhaft. "Ich denke, dass das ein Osterhase ist..."

"Ein Osterhase? Was soll das denn sein? Wie kann denn das angehen? Die arbeiten und leben doch in einer ganz anderen Welt." Durch das laute Gespräch war nun der kleine Osterhase gerade langsam wach geworden. "Hallo Mama, hallo Papa" rief er den beiden zu, während er begann, sich in der Kiste langsam aufzurichten. Herr und Frau Weihnachtsmann sahen sich erst völlig

verdutzt an und schauten dann
zum kleinen Osterhasen…. Aber sie
brachten absolut kein Wort heraus.
Außer dem kleinen Ventilator hatte Frau
Weihnachtsmann jetzt noch einen kleinen
Fächer in der Hand…. Ihr war richtig
warm. "Ha ha ha hallo kleiner Hase," der
Weihnachtsmann hatte sich als erster
wieder gefangen. "Wie geht's Dir? Wie
war die
Reise?"

"Och danke Papa, ich habe ja die meiste
Zeit geschlafen, aber sag mal, ist´s bei
Euch immer so kalt? Und was ist das für
ein weißes Zeug da draußen vor dem
Haus,?" Der kleine Hase war eben aus
der Kiste geklettert und schaute bei
seinen letzten Worten aus dem Fenster
und sah wahrscheinlich das erste Mal in
seinem Leben Schnee. Jetzt gab's ein
knackendes Geräusch, Frau
Weihnachtsmann hatte sich auf einen
Stuhl, der neben der Garderobe stand,
fallen lassen. "Sag mal Du redest mit ihm,
als wäre das die natürlichste Sache der
Welt, dass wir einen Osterhasen
bekommen haben?"
"Aber da kann doch der kleine Kerl nichts
dafür, hhhhmmmmm? Mein Kleiner?" der

Weihnachtsmann hatte sich inzwischen auf die Treppe gesetzt, den kleinen Hasen auf sein rechtes Bein genommen und begann, ihn hinter den Ohren zu kraulen. "Jetzt kraulst Du ihn schon, damit solltest Du gar nicht erst anfangen, wir müssen ihn eh wieder zurück schicken." "Aber das wird nicht gehen," erklärte der Weihnachtsmann seiner Frau. "Ein Rückgaberecht haben nur die Menschen bei irgendwelchen Dingen und Geschenken die kaputt sind oder ihnen nicht gefallen oder so. Unsere Kinder werden uns zugeteilt, auch wenn wir sie bestellen und uns aussuchen können wie unser Kind aussieht, aber umtauschen? Das wird nicht gehen". Jetzt war für Frau Weihnachtsmann der Tag endgültig gelaufen. Das musste sie erst einmal verdauen. Sie ging in die Küche um sich eine Tasse Weihnachtskaffee zu kochen.…

Von dort aus hörte sie, wie ihr Mann mit dem Osterhasen auf dem Flur begann Fußball zu spielen. Sie schaute um die Ecke und musste das erste Mal an diesem Morgen schmunzeln. „Wo hast Du denn den Ball her, Mann?" „Frau, den Ball habe ich aus einem Wunschzettel eines sehr

verwöhnten Jungen aus reichem Hause gestrichen......der Bengel hat einen Riesenwunschzettel geschickt und auf der Rückseite schrieb sein Vater, dass ich ihm bitte nicht alle Wünsche erfüllen solle. Das tut dem Jungen nicht weh, und unser Wastel hat jetzt sein erstes Spielzeug."
„Wastel ? …....Wastel.....wer?"

„Na unser Hase, unser Weihnachtshase.....er muss doch einen Namen haben." Der Weihnachtsmann setzte sich auf den Boden neben den kleinen Hasen. „Hab eben kurz übers Wolkentelefon mit einem Kollegen, einem Weihnachtsmann aus Kanada gesprochen..... der meint,e bei ihnen käme so was öfters mal vor." Frau Weihnachtsmann setzte sich zu den beiden, was ihr, angesichts des Alters doch etwas schwer fiel. „Ach was......so so......kommt öfters vor ja? Der Hase kann doch unmöglich Deine Nachfolge antreten...... stell Dir das doch mal vor....da warten in 2 Jahren Menschenkinder auf einen Herren mit weisem Rauschebart und dann kommt da ein Hoppelpoppel um die Ecke gehüpft."
„Ach Frau," Der Weihnachtsmann nahm seine Frau zärtlich in den Arm und

zusammen schauten beide dem Hasen zu, wie er mit dem Ball auf dem Flur spielte. „Ich könnte mir auch vorstellen, dass wir quasi umsatteln." „Um.. um was?" „Umsatteln......ich glaube, die Menschen nennen so was den Betrieb umstrukturieren....... die nächsten beiden Jahre mache ich noch ganz normal meinen Dienst. Wastel hilft mir schon beim Einladen und Ausliefern. Und danach schließen wir beide unseren Betrieb, und Wastel macht als Osterhase einen neuen Laden auf."

Die Frau vom Weihnachtsmann überlegte...vielleicht hatte ihr Mann ja Recht. Denn so groß war der Unterschied zwischen Weihnachten und Ostern bei den Menschen ja die letzten Jahre nicht mehr. Auch zu Ostern überhäuften die Menschen sich seit einigen Jahren mit einer Unmenge an Geschenken. Sie nickte vor sich hin. „Vielleicht hast Du Recht, Mann. Dann könnte ich mir die Menschen vielleicht auch mal anschauen.....denn auf Deinem Winterschlitten war es mir ja immer viel zu kalt." „Das stimmt Frau," der Weihnachtsmann lächelte zufrieden. „Ostern ist es immer sehr viel wärmer."

FSC
www.fsc.org

MIX

Papier aus ver-
antwortungsvollen
Quellen
Paper from
responsible sources

FSC® C105338